Este libro ~~pertenece a:~~
es compartido con

_____

_____

_____

el niño que buscaba el silencio

a todos los que se sientan

© 2016 Conscious Stories LLC

Ilustraciones de Alexis Aronson
Traducido por Marcela Triviño

Publicado por
Conscious Stories LLC
1831 12th Ave South, Suite 118,
Nashville, TN 37203

www.consciousstories.com

Español ISBN 978-1-943750-29-0
Inglés ISBN 978-1-943750-00-9
Alemán ISBN 978-1-943750-28-3
Francés ISBN 978-1-943750-32-0
Holandés ISBN 978-1-943750-30-6

Library of Congress
Control Number: 2017901953

Los últimos 20 minutos de cada día son preciados.

Queridos padres, profesores y lectores,

Este cuento ha sido envuelto para regalo con dos sencillas prácticas de mindfulness (atención plena), para ayudarles a conectar más profundamente con sus niños en los últimos 20 minutos de cada día.

● Tranquilamente orienten su intención hacia una conexión calmada y abierta.

● Luego comiencen el momento de lectura con la **Meditación de Respiración Acurrucada**. Lean cada línea en voz alta y respiren juntos lento y profundamente. Esto puede ser muy relajante y ayudar a todos a asentarse.

● Al final del cuento, encontrarán **La Espiral de Gratitud**. Ésta les ayudará cultivar la conexión en la medida que todos comparten por qué están agradecidos.

¡Disfruten acurrucándose en su vínculo!

Andrew

Respiración Acurrucada

Nuestro cuento comienza con nosotros respirando juntos.
Digamos cada línea en voz alta,
y luego inhalemos y exhalemos lento y profundo.

Respiro por mí

Respiro por ti

Respiro por nosotros

Respiro por todo lo que nos rodea

Había una vez, un niño
que fue a buscar el silencio.

Había oído que

"El silencio es preciado."
     "El silencio es calmo."
          "El silencio es dichoso."

Sobre todo, había oído que
en el silencio podría ser él mismo.

Era todo lo que él quería.

Este niño luchaba contra el ruido
de la vida cotidiana.

Había autos y buses,
anuncios y programas,
instrucciones y consejos.

Donde quiera que iba, el ruido entraba.
Esto le resultaba muy difícil,
así que fue en la búsqueda del silencio
preciado, calmo y dichoso.

Caminó hasta el
fondo del jardín
buscando el silencio,
pero el perro
del vecino ladraba...

Caminó hacia el parque
buscando el silencio,
pero los jugadores
de frisbee se reían...

Caminó por el bosque
buscando el silencio,
pero los paseadores
de perros hablaban...

Así que caminó
hasta la cima de la colina.

Allí suspiró,

"Aah."

"Lo he hecho," pensó
mientras escuchaba
atentamente.

"He encontrado el silencio."

PERO...

...Justo cuando tuvo el pensamiento, un ruidoso avión sobrevoló...

¡VROOOOOMMMMM!

"¡Oh No!" exclamó.

"No hay silencio en el mundo."

"Esta fue una búsqueda falsa," pensó.

"Me mintieron," culpó.

"No existe tal silencio preciado,
calmo y dichoso."

"¡AARGH!"

El niño se enfureció, pisoteando y gritando
y tirando piedras colina abajo.

Con el paso del tiempo, su rabia se atenuó.

"Tendré que luchar
contra los ruidos difíciles
toda mi vida."

"¿Qué voy a hacer?" gritó en voz alta.

Se sentó.
Humpf.
Completamente
impotente,
cerró sus ojos
y lloró.

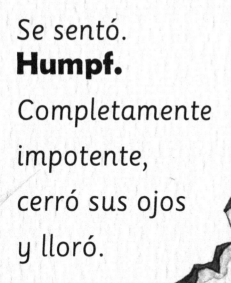

Al principio
lloraba con
sollozos cortos,
jadeando por cada
nuevo aliento.

Con el tiempo, su respiración
se suavizó y profundizó,
haciéndose cada vez
más profunda.

Dentro ... y ... fuera

El niño sintió como si estuviera cayendo...

... cayendo hacia adentro.

Estaba demasiado cansado
como para tener miedo

... así que cayó.

Se sentía demasiado impotente
como para pensar mejor ...

... así que cayó.

Estaba disfrutando
del sentimiento familiar

... así que cayó.

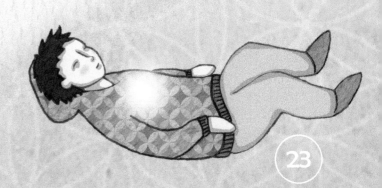

Cayó

justo

en el

silencio.

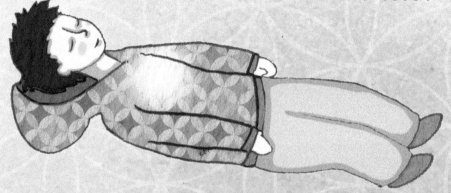

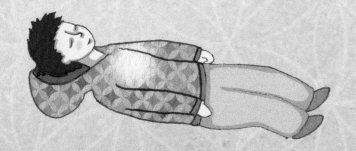

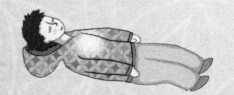

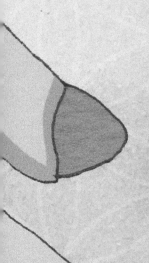

El Silencio era como un sueño para él.

Un mundo entero se abrió.

Era espacioso, reconfortante

y oh, tan calmo.

Una gran sonrisa se extendió por su rostro

mientras descansaba en el Silencio,

sintiéndose profundamente nutrido

por dentro.

"AHA," pensó.

"El Silencio no es una cosa que encontrar –
es un lugar dentro de mí".

"Puedo ir allí y visitarlo
cuando y donde quiera."

Desde el silencio interior podía oír
otro avión sobrevolando.

Simplemente sonrió.

Desde el silencio interior podía oír
a los paseadores de perros hablando.

Simplemente sonrió.

Desde el silencio interior podía oír
a los jugadores de frisbee riendo,

y el niño simplemente sonrió.

Cuando bajó
la colina,
    el Silencio
lo acompañó.

Cuando caminó
por el bosque,
    el Silencio
lo acompañó.

Cuando cruzó
el parque,
  el Silencio
lo acompañó.

El Silencio era
su amigo.

Ese día se enamoró perdidamente
del Silencio.

Amaba al Silencio tan profundamente,
y el Silencio lo amaba a él también.

Desde entonces, se aseguró de tomar
veinte minutos especiales cada día
para caer, hacia adentro, en el Silencio.

Todas las cosas que había oído
resultaron ser ciertas.

Descubrió que el Silencio es preciado,
el Silencio es calmo, y el Silencio es
deliciosamente dichoso.

Sobre todo, descubrió que en el Silencio
podía ser él mismo.
Esto lo hizo muy, muy feliz.

¿De qué estás agradecido hoy?

Por favor, lean las preguntas en **La Espiral de Gratitud** una a una.

Es importante que todos puedan compartir (¡no olvidar a mamá y papá!). Este es un buen momento para practicar el equilibrio entre escuchar y compartir.

Reflexiona acerca de tu día

La Espiral de Gratitud

1 ¿Cuál fue tu parte favorita del cuento?

2 ¿Cuál fue tu parte favorita del dia?

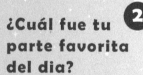

3 ¿Con quiénes compartiste tu día hoy?

7 ¿Qué necesitas meter bajo tu almohada esta noche para que te ayude mañana?

8 ¿Necesitas confianza, amor, amabilidad, coraje y amistad?

6 ¿Quién te ayudó con eso?

¡Dulces sueños! Zzzz

9

4 ¿Qué te gustaría agradecerles?

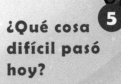

5 ¿Qué cosa difícil pasó hoy?

43

la colección en inglés

The Conscious Bedtime Story Club

snuggling into togetherness

ahora en español

Andrew Newman - autor

Andrew Newman es el galardonado autor y fundador de www.ConsciousStories.com, una serie creciente de cuentos para dormir diseñada específicamente para apoyar la conexión entre padres e hijos en los últimos 20 minutos del día. Sus antecedentes profesionales incluyen un profundo entrenamiento en curación terapéutica y mindfulness (atención plena). El aporta una energía tranquila y a la vez lúdica a los eventos y talleres, invitando y fomentando la creatividad de su público, niños de kinder a quinto básico, padres y profesores por igual.

Andrew ha sido orador de apertura para Deepak Chopra, presentador de TEDx en Findhorn – Escocia, y autor en residencia en la Escuela Bixby en Boulder – Colorado. Se ha graduado de la Escuela de Curación Bárbara Brennan, una sanadora Cabalistica No-Dual, y ha participado activamente en el trabajo de los hombres a través del Proyecto Humanidad desde 2006. Él aconseja a los padres, ayudándoles a volver su centro, de manera que puedan estar más profundamente presentes con sus hijos.

TEDˣ **"Why the last 20 minutes of the day matter"**
Por qué importan los últimos 20 minutos del día

Alexis Aronson – ilustradora

Alexis es una ilustradora, diseñadora y artista autodidacta de Ciudad del Cabo - Sudáfrica. Le apasiona servir a proyectos con un giro visionario que incorporan la creación de imágenes con el crecimiento de la conciencia humana para un impacto más amplio. Sus medios de comunicación van desde la ilustración y el diseño digital hasta las técnicas de bellas artes, como el grabado en calcografía, la escultura en cerámica y la pintura. Entre el trabajo para los clientes y la creación de su propio arte para exposición, Alexis es ávida amante de la naturaleza, nadadora, yogui, excursionista y jardinera.

www.alexisaronson.com

45

Contador de Estrellas

Cada vez que respiran juntos y leen en voz alta,
hacen brillar una estrella
en el cielo nocturno.

Coloreen una estrella para contar
cuántas veces han leído este libro.

Milton Keynes UK
Ingram Content Group UK Ltd.
UKHW051853021023
429644UK00012B/97